IN VIAGGIO CON 20 DOLLARI

Prologo

La nostra storia inizia in una fredda notte di inizio novembre, quando un gruppo di giovani studenti della Oxford University, che arrivano da Londra, ha messo piede sul suolo americano, terra dei liberi, per la prima volta al JFK Airport nel Queens, New York.

Dopo essere passati attraverso controlli di sicurezza apparentemente senza fine, uno dei membri più giovani del gruppo, Tom Birch, andò al banco di cambio valuta situato nell'atrio principale dell'aeroporto e ad un ridicolo tasso di cambio, una vera fregatura, cambiò le sue sterline in quello che può essere meglio descritto come denaro del monopoli per coprire le spese vive della sua vacanza di quel fine settimana.

L'aeroporto era pieno zeppo di turisti provenienti da tutti i ceti sociali, che continuavano a vacillare per gli effetti indotti dal jet lag come risultato dei loro rispettivi viaggi.

C'erano alcuni spiriti liberi sparsi in quel luogo: quelli che si erano avventurati fino ai quattro angoli della terra e di nuovo in quell'anno infernale, alcuni che stavano terminando la loro giornata di lavoro, e una miriade di altri viaggiatori stanchi che stavano tornando a casa per vedere la famiglia per la festa del Ringraziamento.

Il giovane controllò rapidamente la sua valuta, che gli era stata data principalmente in cinquanta, venti, poche decine e da un dollaro per assicurarsi di averne abbastanza per il viaggio. Poi mise al sicuro i soldi nel suo portafoglio, accanto a un passaporto appena stampato, nella tasca destra della giacca in pile che ha rapidamente zippato mentre tornava dai suoi amici che stavano già uscendo dai cancelli dell'aeroporto.

Capitolo 1
Benvenuti a New York

"Hai messo i tuoi soldi in ordine amico!?" chiese il suo migliore amico Jerry Adams.
"Sì ... sono molto felice che sia tutto a posto! ... Cristo, se ne prendono una gran parte in commissione, però! ... gli avidi bastardi!" Rispose lui, facendo jogging con noncuranza oltre a rimettersi in pari con il resto della banda, e dando un'occhiataccia a una delle guardie di sicurezza della pattuglia che lo aveva involontariamente sentito per caso, con entrambe le mani posizionate saldamente sulla mitragliatrice a fuoco rapido emessa dallo stato, una misura antiterrorismo introdotta dall'amministrazione del presidente eletto.
"Beh, è colpa tua se non hai risolto tutto prima di lasciare casa, Tom!" Miranda Hart, la più anziana del gruppo, lo rimproverò duramente, comportandosi come una madre contrariata.
"I ragazzi sono ragazzi!" Rise Megan Young l'ultimo membro del piccolo entourage di Tom. "Anche se non sarebbe un felice 21esimo compleanno se tu non avessi soldi da spendere!" Osservò mentre continuavano a dirigersi verso la stazione dei treni, che li collegava al vasto e complicato labirinto che era la metropolitana sotterranea di New York.

"Non pensavo di averne bisogno!?" scherzò, "pensavo che avresti pagato per tutto il viaggio per me!?" continuò, con un pizzico di grandi speranze.
"Pedala!" Arrivò la risposta di Jerry, mentre portava il suo bagaglio alle biglietterie automatiche, come facevano gli altri.
"Non sei fortunato, ho ancora il mio prestito studentesco da chiudere prima!" Gli disse Megan mentre prendeva la borsetta e tirava fuori un rossetto rosso rosato, applicandolo rapidamente alle sue labbra deliziose e dolcissime, fissando il suo riflesso in uno specchio da toletta tascabile mentre lo faceva, passando un po' troppo fard che non passava inosservato per una giovane donna.
"Ok, Megan, è abbastanza per farti fottere!" Le disse Miranda "Non dare via il latte gratis! ... ricorda, devi farli lavorare per questo!"
Rifiutando il commento di Miranda "Beh, non tutti possiamo sembrare giovani e freschi scesi dall'aereo come alcune persone!? ... mi sento un po' uno schifo al momento per essere corretti, comunque, solo un piccolo ritocco non fa male e al diavolo quei ragazzi del cazzo laggiù!" sottolineando i ragazzi che erano occupati ad osservarla, spogliandola in senso figurato. "Questo è per me e per me solo! "
"Vai, ragazza!" Rispose Jerry.

"Oh, levati dalle palle!" La sua risposta acuta, dandogli un'occhiata che avrebbe fatto rabbrividire gli alberi. "Il mio migliore amico gay non l'avrebbe fatto, e neppure il suo ragazzo agisce come fai tu l'amore!"
"Penso che sia meglio dirlo al tuo fidanzato prima che sia troppo tardi!" Gli disse Tom, ridacchiando mentre lo faceva.
"Va bene ... una parte di me pensa che lei già lo sappia." Fu la sua risposta arguta.
"Deve farlo!" Rispose Megan. Jerry era sicuramente uno di quei ragazzi che potevano spingere tutti i pulsanti sbagliati su una persona e farti venire i nervi fino a che non ti rimaneva il desiderio di strangolare e togliere l'ultimo barlume di luce in lui.
Salirono tutti le scale mobili verso le biglietterie automatiche e comprarono i loro biglietti di viaggio singoli prima di dirigersi sull'Airport, lasciando le borse sul pavimento accanto a loro.
"Aspetta un attimo", Miranda disse a tutti loro. "Sto per chiamare la mamma e farle sapere che siamo arrivati tutti sani e salvi."
"Ecco puoi usare il mio, ho le chiamate internazionali gratuite", disse Jerry, passandole il suo iPhone 6s.
"Ok, grazie ... qual è il codice dello schermo!?"
"150588", ha risposto, "il mio compleanno."

"Avrei dovuto indovinarlo!" Ridacchiò mentre squillava rapidamente a casa da sua mamma che improvvisamente si era svegliata sentendosi terribilmente stanca e apertamente scontrosa mentre il suo telefono emetteva un muggito. Svegliati è una bella mattina!
"Ciao!? ... Samantha Heart parla! ... chi diavolo è!? ... hai idea di che ora sia!?"
"Oh mio dio, seriamente, calmati! ... Sono io mamma! ... solo che ti chiamavo per farti sapere che siamo arrivati sani e salvi ... Dio!!!" Miranda le disse, comportandosi come un'adolescente apatica e viziata.
Svegliandosi, sfregando il sonno dagli occhi e appoggiando la testa sul cuscino "Oh mi dispiace cara ... Non mi aspettavo una tua chiamata così tardi ... il mio telefono non riconosce questo numero così ho pensato che fosse di nuovo uno di quei bastardi PPI poetici! ... mi hanno chiamato a tutte le ore, praticamente senza sosta questa settimana! ... Stanno davvero iniziando a darmi sui nervi!"
"Sì, lo so mamma, chiamano sempre anche a me, a volte vorrei che tutti si impiccassero con i fili del telefono, farebbero un favore a tutto il mondo! ... comunque, Jerry mi ha prestato il suo telefono, uno dei miei amici prima che me lo chiedi, è solo che questo ha chiamate gratuite, quindi ho deciso di usarlo."

"È una buona idea cara, risparmia il tuo credito per le emergenze."
"Beh, non mi aiuterà molto qui ora!" ... sei un po' lontana, quindi non posso chiedere esattamente a papà di venirmi a prendere da Kings Cross se finisco nei guai, ora posso!?"
"No, lo so cara, non c'è bisogno di essere sarcastica!"
"Non sto diventando sarcastica! ... ti sto solo dicendo com'è!"
"Si si, ok cara! ... comunque, assicurati di fare il check-in okay e non perdere di nuovo il passaporto!"
"Non lo farò mamma! ... L'ho quasi perso l'ultima volta, era solo nell'altra borsa che avevo portato con me!"
"Bene, stai attenta e tieni d'occhio i tuoi oggetti di valore, ci sono un sacco di persone losche in giro e non voglio che tu ricada di nuovo in problemi inutili."
"Sì, lo so mamma, non lo farò ... beh, meglio andare, tutti mi stanno aspettando," disse mentre il gruppo la guardava, con impazienza toccando i piedi e guardando l'ora sui loro telefoni e orologi.
"Okay, cara, ti chiamerò presto, dovrei essere di nuovo in piedi tra poche ore per lavoro, stanno facendo la stazione e i capi sono in vacanza,

quindi è un manicomio! ... sopra a tutti ci sono solo io a coprire di nuovo la reception! "
"Okay mamma, ti chiamerò presto."
"Okay, cara, ti voglio bene."
"Ti voglio bene mamma," disse Miranda, riattaccando.
"Awww baci" Jerry la prendeva in giro mentre riagganciava, e lei non era affatto entusiasta.
"Ecco qua," Miranda disse, "Grazie per avermi permesso di usare il tuo telefono" la sua risposta un po' seccata quando riconsegnò a Jerry il suo cellulare.
"Nessun problema", ha risposto.
"Andiamo, andiamo avanti", disse a tutti loro mentre Megan consegnava a Miranda il suo biglietto mentre raccoglievano le valigie, salivano sull'ascensore che puzzava un po' di peschereccio, per usare un eufemismo, poi salirono tutti sul treno che era appena arrivato al binario.
A bordo di Airtrain ...
"Sono così eccitata ragazzi!!! ... Volevo visitare New York da sempre!!! ... Non posso credere di essere finalmente qui!!!" Megan raccontò a tutti con eccitazione incontrollabile martellante del tono acuto della sua voce ed espressive azioni sporadicamente impazzite.
"Va bene! ... calmati Megan!" Ridacchiò Miranda, mettendo la sua mano sulla spalla di Megan in

un modo calmo ma controllato mentre parlava "Anche se devo dire, non vedo davvero l'ora di fare un giro a Central Park, l'ho visto in tanti film e su Friends che è la mia serie TV preferita di tutti i tempi! ... quindi ci volevo venire da anni!"
"Beh, speriamo che non vi deluda", le disse Tom.
"No ... sono sicura che non lo farà" la sua risposta.
"Beh, se lo fa", ha detto Jerry, andando a cantare una parte della melodia a tema di Friends mentre tranquillamente la rassicurava "Sarò lì per te!"
"Grazie mille" ha risposto con entrambe le sopracciglia alzate, gli occhi spalancati e una piccola risata che lentamente scivolava fuori dalle sue labbra increspate "Non sapevo che sapessi cantare!?"
"Nemmeno io!" Ridacchiò.
Arrivati alla stazione di Howard Beach, Tom avvertì i suoi compagni "Eccoci qui!" Disse, sollevandosi dal suo posto e afferrando il suo equipaggiamento mentre gli altri lo seguivano.
Il gruppo sbarcò da Airtrain e prese un'altra scala mobile logora, che pendeva dal suo ultimo filo, giù nel nucleo sotterraneo della giungla urbana.
Mentre il gruppo scendeva sempre più in basso nell'abisso oscuro. Miranda controllò rapidamente il suo smartphone utilizzando l'app

Rome2Rio per le indicazioni di cui aveva bisogno. "Okay ragazzi, ascoltate ... dovremo prendere la linea A, che arriva in 5 minuti, fino alla Port Authority Bus Terminal Station sulla 42° Strada, poi l'hotel sarà a soli 15 minuti a piedi da ... Avete capito?! "disse lei.
"Sì", risposero Megan e Tom.
"Io Io Capitano!" Disse Jerry, salutandola mentre cercava un approccio più formale.
"Oh, cresci, Jerry! ... Spero che non sarai così per tutto il viaggio!?" Chiese mentre procedevano attraverso una fila di cancelli girevoli e nei tunnel, che portava al loro treno di collegamento.
"24/7 mia cara" arrivò la sua risposta alla quale lei rispose con una smorfia che significava "Sì per me".
La metropolitana era affollata nelle prime ore del mattino. New York è la città che non dorme mai, Manhattan è il suo nucleo principale, occupato a collegare tutti i punti per i turisti e coloro che sono abbastanza fortunati nella vita la chiamano la loro casa dolce casa.
Mentre aspettavano sul marciapiede che il treno arrivasse, un uomo ubriaco, con la barba cespugliosa e corpulento che odorava di alcol e di altri odori spiacevoli, arrivò barcollando davanti a loro, quasi imbattendosi in Miranda che non era affatto divertita, trattenendosi una

bottiglia taglia media, nascosta in un sacchetto di carta marrone, mentre ne beveva alcuni lunghi sorsi.
"Benvenuti a New York" Jerry osservò gli altri mentre l'uomo scompigliato continuava il suo viaggio sul loro treno che si era appena fermato sulla piattaforma, basti dire che salirono a bordo di alcuni vagoni, ma riuscivano ancora a sentire l'odore del suo pungente aroma, che si diffondeva nell'aria calda e stagnante mentre il treno partiva.
Mentre proseguivano il loro viaggio, avvicinandosi sempre più alla loro destinazione finale, si unirono a loro una grande varietà di nottambuli di tutti i ceti sociali. All'inizio arrivò un gruppo di festaioli chiassosi a Broadway Junction che stavano iniziando le loro celebrazioni per l'Anno Nuovo un po' presto quell'anno, seguiti da un gruppo di suore, abbigliate in abiti da sera e rosari a Spring Street sulla 6th Avenue, poi finalmente un grande gruppo di turisti giapponesi che trasportano le loro costose telecamere di grandi dimensioni con obiettivi di grandi dimensioni attaccati a loro alla stazione Saint Penn, poco prima della loro fermata finale.
Una volta arrivati, sentendo gli effetti di una lunga giornata in movimento, andarono tutti al piano di sopra e si trovarono al capolinea degli

autobus di Port Authority sulla 42° Strada, circondati da centinaia e centinaia di newyorkesi, che si affrettavano per arrivare ovunque e andare ovunque, ma allo stesso tempo andare da nessuna parte, non importa quanto velocemente andassero, un diritto di passaggio se volevano essere considerati veri newyorkesi.

Uscendo dal terminal degli autobus un compagno di viaggio, molto più vecchio di loro, si era appollaiato contro un muro bagnato di urina fuori dalla stazione degli autobus, suonando un po' di buon jazz, emanato dal suo sassofono esausto per raccogliere qualche centesimo di dollaro da un mare di turisti che passavano, ma nessuno si fermava ad apprezzare il suo ben affinato dono.

Tom, d'altro canto, rimase ipnotizzato, si fermò di colpo sulle sue note, incantato dall'anima inebriante del musicista. Era un vero amante del jazz che aveva appena scoperto e portato alla luce la sua bellezza mentre le note riverberavano nel cielo notturno, fluttuando dolcemente nella brezza.

In segno di apprezzamento per il regalo che il musicista gli aveva dato, Tom aprì la tasca e prese il portafoglio e infilò una banconota da un dollaro nella scatola del sassofono, che aveva le poche monete e banconote già posizionate

all'interno, molto probabilmente il le sue per attirarne altre, a cui l'uomo annuì in reciproca gratitudine mentre il gruppo seguiva lo smartphone di Miranda verso il loro albergo.
Mentre si dirigevano verso l'interno di Manhattan, furono accolti da un esplosione di sensi mentre si avvicinavano ai margini luminosi di Times Square, un nirvana metropolitano, con tutto quello che si poteva desiderare da una notte in città, proprio sulla soglia di casa.
C'erano annunci pubblicitari per produzioni teatrali, 10 piani, un intero mondo dedicato a M&M's e ristoranti e bar,e altri divertimenti che tentavano gli scommettitori a svuotare i loro portafogli dal loro pesante carico.
Tom si era alleggerito mentre si sedeva sui gradini centrali che si trovavano proprio in mezzo alla piazza, facendo una breve pausa mentre Miranda cercava di aggiustare il suo telefono che era improvvisamente andato in frantumi, non esattamente quello che volevano mentre si avvicinavano al loro hotel per un buon riposo notturno.
"Oh, per l'amor del cielo!!!" urlò, sottolineandolo "Funziona maledetta cosa!!!" Continuò a premere a caso sul touch screen senza successo, lei non stava avendo fortuna e la trasmissione mobile fu disturbata con tutta l'elettronica e gli alti edifici che circondavano il gruppo.

Tom andò da un venditore ambulante e comprò un pretzel morbido e cremoso, coperto di bontà salata e una lattina di Pepsi Max mentre aspettavano che Miranda risolvesse le cose.
Tornando al gruppo e controllando quanto gli era rimasto, fece un'amara considerazione "Oh dannazione! Credo di aver dato a quel tipo alla stazione una banconota da 20 dollari! ... Dovevo solo dargli un dollaro!" Al che Megan chiese, e lui rispose ...
"Un dollaro!?"...
"Un dollaro!!!"...
"Un dollaro è quello di cui ho bisogno ... Ehi, Ehi!!!" Jerry scherzava ancora con la canzone, vedendosi come il prossimo Aloe Blacc.

Capitolo 2
Un assaggio della Grande Mela

Nel frattempo ... Torna al capolinea degli autobus della Port Authority sulla 42° Strada.
"Suona qualcosa di Avicci!!!" urlò un ubriaco ad Adio Marley, il nostro musicista giamaicano, con una barba riccia con una sfumatura di grigio e una fronte ampia ricoperta da alcune trecce rasta, la fonte del suo potere.
"Continua ad essere eccezionale fratello mio" rispose lui mentre continuava a suonare, senza curarsene, suonando quello che voleva, era lui solo, e nessuno gli avrebbe detto cosa fare o cosa suonare.
L'ubriaco si avvicinò e continuò a molestarlo "fottuto compagno d'inferno! ... questa musica è una merda di cane!! ... suona qualcosa di decente, fica!!!" urlò, mettendo in ridicolo Adio, che era perso nella sua musica, lo stesso non si poteva dire di un poliziotto del Dipartimento di polizia di New York che si stava occupando di un furgone parcheggiato illegalmente che stava facendo scendere alcune forniture di ristoranti a un noto locale di pizza a tranci.
"Non è una musica del cazzo!!! ... è un vero lavoro!!!" urlò mentre continuava con le sue vili molestie contro il povero Adio.

L'ufficiale si avvicinò lentamente all'ubriacone da dietro, posando con calma la sua mano sulla spalla dell'uomo. "È abbastanza, credo che tu abbia bevuto un po' troppo per stanotte."
"Togliti di dosso, maiale!" Urlò, scuotendosi mentre diventava ancora più aggressivo.
"Adesso calmati, altrimenti passerai la notte in una cella", gli disse l'ufficiale, mantenendo ancora la sua calma e autorità di fronte alle avversità, il commento dell'uomo da solo era sufficiente per metterlo a terra.
"Cosa farai, cazzo?!!!" rispose, spingendo indietro l'ufficiale di polizia, avvertendo il suo collega americano molto più grande e molto più imponente, che assomigliava ad Hightower dei film dell'Accademia di Polizia.
"Oh, ecco la tua cagna!!!" urlò quando vide che Hightower marciava verso di lui, avvicinandosi sempre più a lui, al quale il suo collega semplicemente afferrò le braccia dell'uomo e lo mandò a precipizio a terra come un domino che cadeva a picco, tagliando il suo sopracciglio superiore sinistro che si aprì mentre colpiva il marciapiede, lasciando dietro di sé un'ammaccatura macchiata di sangue, quando lo sollevarono di nuovo in piedi, per metà a buttarlo fuori, rimasto stordito e confuso.
Mentre il sangue usciva dalla faccia dell'uomo, il poliziotto si spostò verso il retro della loro

macchina della polizia, che era parcheggiata vicino al furgone di consegna mentre il primo ufficiale andava alla radio per chiedere assistenza medica.
Ben presto fecero una rapida partenza, sirene a tutto volume, che echeggiarono per le strade di Manhattan, lasciando Adio ancora a suonare tra la folla che si era ammassata intorno alla scena del crimine, fortunatamente per lui poiché si fermavano ad ammirare il suo talento e di conseguenza gli lanciarono qualche dollaro in segno di apprezzamento.
"Beh, è una fortuna, stavo per prendere una multa!" Disse l'autista del furgone al suo compagno di lavoro che era appena tornato da dentro il ristorante, felicemente sollevato mentre continuavano a scaricare il loro carico dal furgone parcheggiato sul marciapiede in una zona vietata di parcheggio.
Mentre la notte proseguiva fino alle prime ore del mattino e la folla cominciava a diradarsi, Adio raccolse i suoi guadagni della serata, inclusa la banconota da 20 dollari che gli era stata data per errore in precedenza. Prese il suo sax e tornò a casa per qualche ora di riposo prima dell'alba, facendo scalo in un servizio di autobus gestito localmente, appena fuori dalla stazione principale degli autobus poche strade in là, poi si diresse verso New Jersey, attraverso il

Lincoln tunnel a Union City dove dormiva in un ostello malandato per la notte ...
Mentre Dawn stava terminando lo stesso servizio di autobus, ritornò alla stazione degli autobus e lasciò alcuni lavoratori stanchi dei loro turni mattutini esterni, ecco Adio tra di loro.
"Grazie per il passaggio, fratello mio", disse al guidatore mentre gli porgeva 3 dollari, la banconota da 20 dollari ancora inserita nel suo portafoglio malconcio e mostrò un certo rispetto schiaffeggiando le mani dell'autista, come un gatto freddo, scendendo dall'autobus nella bellissima Manhattan, nel centro di New York.
Nella luce del mattino si vedeva che Manhattan era stata progettata come una rete metropolitana sovradimensionata con ogni blocco separato da strade sull'asse X e viali sulla Y il tutto attraversato dal Central Park situato nel centro, una città a se stante a causa della sua imponente dimensione e della natura tentacolare con un piccolo zoo pieno zeppo di creature esotiche, un grande laghetto per barche elettriche con un caffè situato accanto ad esso, artisti di strada, artisti e molte altre attrazioni che attiravano le folle di turisti per prendere un grande morso dalla Grande Mela, un faro di diversità culturale e modernità metropolitana al suo centro.

Adio si diresse verso la parte alta, a pochi isolati dall'entrata del personale sul retro di un ristorante francese molto elegante, J'adore, che serviva di tutto, dal confit d'anatra alle zampe di rana, appena tagliate a fettine quella mattina per gli avventori della classe superiore che pagavano cento dollari e più per alcuni porzioni piccole di piatti molto pretenziosi, dove la qualità e la raffinatezza erano le zuppe del giorno dei cuochi.
"Sei in ritardo!" Tuonò la voce severa di un uomo, il capo cuoco François Depardieu mentre Adio entrava con noncuranza nel ristorante. "Apriamo alle 9 del mattino, non alle 9:05!"
"Le mie scuse capo, non succederà più", ha risposto.
"Farai in modo che non accada, se non puoi arrivare in tempo non ti preoccupare ad arrivare! ... Sto tirando il collo per te, non deludermi ancora!"
"Sì, capo."
La cucina era una desolazione rispetto alle strade esterne, Adio aveva il suo Maestro e il suo Maestro non era divertente.
"Bene ... tutti voi ... ascoltate!" Ordinò alle sue venti potenti cucine. "Oggi abbiamo un ospite molto speciale a pranzo con noi, nientemeno che il nostro stimato due volte eletto sindaco di New York, il signor John de Blasio, che stamattina ci visiterà con la sua famiglia. Mi aspetto la

performance migliore da parte di tutti voi, a meno che la pura perfezione sia tollerata, se non potete consegnarmi questo, andatevene adesso!" Disse, guardando Adio con un viso arrossato mentre vagava per la cucina come un sergente istruttore nazista in pattuglia.
"Prevediamo di essere molto occupati e abbiamo cinque grandi feste prenotate per il solo servizio di questa mattina, quindi non ci sarà riposo per nessuno! ... capito!?"
"Sì, capo!" Risposero tutti.
Indicando ad uno dei cuochi "Sergei!"
"Sì capo!" Rispose lui.
"Sei incaricato di guidare la squadra alla preparazione e consegna del pasto del sindaco ... Mi aspetto il meglio da te oggi, come sempre, puoi farlo per me!?"
"Sì capo!" Rispose ancora.
"Giusto ... i primi ordini arriveranno tra breve, Adio li preparerà e farà in modo che quei piatti siano immacolati!"
"Sì, capo!" Rispose Adio mentre si avvolgeva il grembiule stretto intorno alla vita e applicava una grande reticella piuttosto lusinghiera sui suoi capelli rasta, proteggendoli dall'essere attirati da una delle numerose stufe ardenti o catturati in uno degli industriali lavapiatti in loco, necessari per il costante ricambio di posate,

bicchieri da vino e piatti sporchi dell'elite culinaria del ristorante.
Una volta che il capo cuoco aveva finito di abbaiare ordini, la cucina si mise a lavorare affettando e tagliando, preparandosi per quegli ordini che arrivavano spesso e velocemente, mentre Adio partecipava all'avvio degli apparecchi di lavaggio ed eseguiva i compiti più semplici mentre aspettava che il suo carico di lavoro principale arrivasse, dopo che i primi pasti erano stati consumati.
E così il caos accadde ...
"1 Trippa di Gerzat e una insalata Aveyron, tenere da parte le noci, per il tavolo 2! ... ordinare !!! "..." 2 ordini di seppia in umido per il tavolo 3 "..." 3 ordini di crema di broccoli alla savoiarda, 2 ordini di calamari ripieni e una pernice su un albero di pere per il tavolo 4" scherzava la cameriera ma il personale della cucina si limitava a rimanere lì perplesso, non erano nella giusta mentalità per essere divertenti, il sudore che scorreva sulla fronte mentre facevano del loro meglio per dar retta a tutto, i capi cuoco che abbaiavano ordini a loro mentre si mettevano al lavoro.
La mattinata proseguì con un ritmo altrettanto veloce, raccogliendosi con il passare del tempo sempre più vicino a mezzogiorno, con vari incontri di lavoro tenuti all'interno del ristorante

per uomini d'affari internazionali molto importanti, i rampolli di New York City. Ogni tavolo del ristorante aveva una lista d'attesa di 5 anni, la gente non poteva semplicemente uscire per strada dal ristorante francese numero 1 da questa parte dell'Atlantico, alcuni discutevano sul mondo, un cappello a cilindro di alta cucina settimanalmente e un celebre ritrovo per i ricchi e famosi glitterati della moderna Manhattan.

Il tavolo 1 era al centro di questa cornucopia di prelibatezze culinarie, era stato riservato ai VVIP e presentato splendidamente in una sofisticata crema con un pizzico di rosa per il Sindaco, la sua famiglia e un piccolo entourage di ufficiali della sicurezza e guardie del corpo personali, ogni piccolo dettaglio era stato curato da cima in fondo, una festa per i sensi. Il mondo intero starebbe guardando e solo il meglio sarebbe sufficiente.

All'improvviso l'aria si fermò mentre tutti trattennero il respiro. Passeggiarono due uomini grandi e molto imponenti, ispezionando l'area e trasmettendo le loro informazioni agli altri, dopo che avevano confermato che l'ingresso era libero e che la zona era sicura, entrarono il Sindaco De Blasio e la sua famiglia, vestiti con i migliori abiti sartoriali che i soldi dei contribuenti potevano pagare, un sorriso luminoso che irradiava dalla sua mascella cesellata mentre tutti si fermavano

e notavano come il proprietario Gérôme Dupont e il capo cuoco li accolsero all'interno.
Gérôme strinse la mano del sindaco con fermezza "Sono Gérôme Dupont, è con grande onore e piacere che do il benvenuto a Lei e alla Sua cara famiglia nel nostro umile ristorante francese."
"Perché questo è potente come te", rispose, accompagnando i suoi due giovani ragazzi, che erano anche molto elegantemente vestiti, come futuri leader mondiali, mentre sua moglie indossava una pelliccia sintetica, i tacchi alti, un vestito nero lusinghiero e un elegante cappello rosa pallido, stava con impazienza al suo fianco, sempre strabiliante la moglie.
"Sia io che il mio capo cuoco, che è un esperto culinario di altissimo livello, il signor François Depardieu" gesticolando verso di lui "ci impegneremo personalmente affinché Lei e la Sua famiglia abbiate la migliore esperienza possibile mentre cenate da noi."
"Beh ... non posso aspettare" rispose lui scuotendo saldamente François per la mano che stava lì immobile come una statua in silenzio, non pronunciando una sola parola.
"Per favore, seguitemi," disse Gérôme mentre si dirigevano tutti con noncuranza verso i loro posti. "Gaston! ... una bottiglia del nostro

migliore Merlot per i nostri stimati ospiti" ordinò.
"Oh no, non dovrei, me ne pentirò più tardi" ridacchiò il sindaco.
"Per favore, insisto" è arrivata la risposta di Gérôme.
"Beh ... okay, mi ha preso per un braccio!"
"C 'est magnifique! ... La Sua adorabile moglie vuole assaggiarne una piccola goccia?" Disse, guardandoli entrambi.
"No, grazie" è arrivata la sua risposta "Preferisco il bianco e i ragazzi bevono due succhi di mela per favore".
"Ma certo, arrivano subito, glieli porto adieu ... Bon Appetit!" Disse mentre si allontanava esprimendo i suoi affettuosi saluti, così come François che semplicemente annuì e tornò al timone nella cucina dell'inferno.
Una delle cameriere si mise in contatto con François mentre lei vedeva che era sconvolto.
"Va tutto bene?" Chiese lei.
"Sì, va bene ... odio solo dovermi impegnare con persone di quel calibro, dopo quello scandalo di violenza sessuale che lo circonda, che Dio solo sa che ha fatto, non posso sopportare di stargli vicino."
"Sì, ne ho sentito parlare anch'io, qualcosa ha a che fare con il suo segretario e con i funzionari

della campagna, vero? ... beh, dico sempre, innocente fino a prova contraria."

Ha poi visto un piatto di cibo che era stato restituito, un evento raro. "Cos'è questo!?" chiese alla cameriera.

"Il tavolo 3 l'ha rimandato perché ha visto che il piatto era apparentemente sporco."

"Sporco!!!? ... Adio !!! ... Vieni qui!!!"

Al che Adio ha sbattuto la lavastoviglie e si è avvicinato a François, mostrando una cattiva attitudine mentre stava cominciando ad essere stufo di avere ordini che gli venivano abbaiati. "Sì, capo!?"

"Qual è il significato di questo!!!?" Urlò François mentre gli mostrava il piatto con l'ombra, quasi impercettibile, di macchie di cibo sul bordo bianco del piatto.

"L'ho lavato, capo," disse, semplicemente scrollando di dosso l'accusa di gioco scorretto.

"Vuoi rovinarmi!!!?"

"No, capo!"

"È così ... ti ho dato fin troppe possibilità, impacchetta le tue cose, hai finito qui!!!" urlò, mostrandogli la porta, non una mossa saggia con un carico di lavoro così pesante che arrivava dalle porte d'ingresso.

Adio protestò ma, per quanto provasse, non riuscì a farlo ragionare e fu lasciato andare con una colpa disonorevole, raccogliendo le sue cose

e lasciando i suoi compagni d'armi a combattere sul campo di battaglia della Normandia un'altra fatalità nel mondo politico di alta cucina francese.
"Uomo a terra!!!" Arrivò un pianto dal palco centrale, mentre tutti andavano di corsa al ristorante per vedere cosa era appena successo.
Lì, al tavolo 1, giaceva il sindaco, a faccia in giù in una ciotola della migliore mela fresca e della zuppa di cipolle rosse del cuoco, la sua faccia diventava blu.
"Qualcuno faccia qualcosa!!!" urlò la moglie addolorata mentre le forze di sicurezza chiudevano la zona e utilizzavano la radio per ricevere assistenza medica, i loro bambini sedevano lì a piangere a testa bassa.
Nel frattempo ...
Adio stava tornando alla stazione degli autobus, un paio di uomini ebrei ortodossi che passavano accanto a lui discutevano le grandi questioni della vita e del mondo in cui viviamo. Sentendosi piuttosto sgonfiato e un po' affamato, fece una rapida sosta in un negozio di cibo locale, che serve i migliori piatti di strada in stile newyorkese all'angolo tra la 43° ovest e l'8°, appena fuori da Times Square.
"Che ti servo ragazzo?" Arrivò il proprietario, arrivando direttamente al punto.
"Solo un grosso hot dog, fratello mio."

"Nessun problema ... vuoi formaggio?!" chiese mentre metteva un grosso hot dog su un morbido rotolo bianco, versando sopra un abbondante strato di chili diabolicamente piccante.
"Sì, amico ... anche una lattina del dottor Pepper."
Il venditore lo cosparse abbondantemente di formaggio e poi aprì il suo frigorifero e tirò fuori una lattina ghiacciata del dottor Pepper.
Adio prese il suo portafoglio e tirò fuori la banconota da 20 dollari, consegnandola al venditore di cibo per scambiare cibo e bevande con i contanti.
Il venditore quindi mise la banconota da 20 dollari nella sua borsa dei soldi e diede il resto ad Adios, che poi si congedò, prendendo un grosso morso dal suo hot dog a più strati e deliziosamente piccante, con pochi sorsi della sua soda ghiacciata, la cui condensa lasciava le impronte digitali all'esterno della lattina.
Mmm bene, pensò tra sé e sé "Ci vediamo più tardi, amico mio!"
"Più tardi, amico!"

Capitolo 3
La Città dei Santi

All'ora di pranzo, gli affari iniziarono a salire e le persone di tutti i ceti sociali si fermarono al banco del proprietario Tony Mark per mangiare un boccone durante la pausa di mezzogiorno dal lavoro, mentre i turisti facevano un piccolo spuntino e continuavano da lì ad esplorare la grande città.

"Prenderò il solito Tony" ordinò un uomo elegantemente vestito mentre si avvicinava a lui.

"Sei il capo, signor Levowitz" rispose Tony, aggiungendo un extra grande, doppio impasto di polpette di manzo alla griglia, porzioni extra di cipolle cotte e strisce di ketchup e senape, lo speciale kosher.

Poi arrivò una signora anziana che voleva un paio di sacchetti di dolci per i suoi nipoti, che stavano in piedi con impazienza al suo fianco vestiti in maniera impeccabile che si stavano dirigendo ad una rappresentazione mattutina di Aladino a Times Square, i ragazzi erano ovviamente troppo impazienti di aspettare di arrivare al teatro per le loro caramelle, come sanno le mamme.

Dietro di loro in coda c'era un giovane gruppo di turisti che allora si avvicinò a Tony, non erano altro che i nostri studenti universitari di Londra

che erano fuori a godersi il loro primo giorno a New York dopo un buon riposo notturno allo Sheraton.
"Heya ... posso avere un pretzel caldo per favore?" Chiese Megan.
"Certo ci mancherebbe, salato o dolce?" Rispose lui.
"Ehm ... Salato ... No, Dolce ... No, Salato, sì ... Salato, per favore!"
Riconoscendo il suo accento "Non sei di queste parti, vero?"
"Na ... siamo venuti tutti dall'Inghilterra ... proprio qui, in una piccola pausa dallo studio dei buchi neri e della meccanica quantistica ... tutto molto stancante, quindi non ti annoierò con i dettagli."
"Come è stato per te finora? ... hai già visto alcuni dei siti?"
"Beh ... siamo arrivati qui la scorsa notte e non vedevamo l'ora di arrivare nella nostra stanza ... dopo aver fatto irruzione nel mini bar, ovviamente!" Ridacchiò lei.
All'improvviso, Miranda abbaiò "Sbrigati Megan!!! ... si sta gelando e voglio avere i biglietti prenotati per la piattaforma di osservazione al Rockerfeller per questa sera prima che si esauriscano!!!"
"Ok, mamma!" Abbaiò Megan mentre si voltava verso Miranda, guardandola male, c'erano già

dei problemi in paradiso. I due ragazzi stavano facendo jogging sul posto mentre cercavano di tenersi caldi, soffiandosi nelle loro mani e sfregandole freneticamente.

Megan poi consegnò un paio di dollari, recuperò il suo pretzel salato e gli disse arrivederci.

Dopo che il gruppo era partito per il Rockerfeller Center un grande uomo di colore sorridente si avvicinò a Tony.

Riconoscendo il suo collare "Che cosa desidera reverendo?"

Con un profondo accento del sud "Prenderò uno dei tuoi buoni hot dog con chilli, soffocato nel formaggio al nacho, figliolo ... e un caffè nero bollente a parte."

"Nessun problema, cosa ti porta da queste parti reverendo?"

"Sono contento che tu me l'abbia chiesto figliolo ... qui stiamo provando un servizio per questa messa serale, è per aiutare la Fondazione Stella Marina Orfana, benedica i loro giovani cuori. Mi hanno portato qui anche per portare un po' di vita alla funzione, dare loro la santa carica di energia di cui hanno bisogno".

"Suona davvero bello da parte di tua reverendo, ma chi sono le persone che ti hanno portato qui?"

"I santi e i peccatori di New York City, naturalmente, ho seguito la parola di nostro

Signore e Salvatore Gesù Cristo da quando ero un giovane e continuerò a predicare fino al giorno in cui morirò ... o quando tutti saranno salvati dalle infuocate caverne dell'Inferno!"

"Beh, sicuramente qui c'è molta gente che deve essere salvata reverendo, ma penso che sia troppo tardi per alcuni di loro".

"Mmm hmmm ..." disse il reverendo, riflettendo sulla dichiarazione di Tony. "Perché non è mai troppo tardi per la redenzione, figliolo! ... quei peccatori devono semplicemente chiedere perdono a Dio e pentirsi dei loro peccati! ... Dio ascolterà le loro preghiere, perché ha molto perdono in lui e vuole ciò che è meglio per tutti noi!"

Il reverendo allora tirò fuori il portafoglio per pagare il suo pasto a cui Tony reagì rapidamente. "Metti via reverendo ... offre la casa" disse. Il reverendo sembrava profondamente illuminato. "La mamma non me lo perdonerebbe e mi farebbe venire alla messa questa domenica", disse Tony.

"È un tipo potente ... potente come te, figliolo!"

"Bene, potremmo tutti essere un po' più gentili con l'altro reverendo."

"Amen per questo!"

Tony poi ha preso la sua borsa e ha tirato fuori la banconota da 20 dollari "Ecco, prendi questo ... per gli orfani".

La quale il reverendo non ha esitato ad accettare, strappando la banconota da 20 dollari dalla mano di Tony e inserendola nella tasca rapidamente. "La tua generosità non smette di stupirmi figliolo! ... tua madre ha cresciuto un santo!"
"L'ha fatto davvero reverendo ... mamma è lassù con Gesù adesso", disse indicando i cieli "Appare la domenica per il sermone di Padre Richard però, l'ha sempre fatto, lo farà sempre" iniziando a rialzarsi, i suoi occhi stavano diventando arrossati e lacrimosi.
"Bene, Dio benedica te e la tua madre angelica ... che Dio sia con te figliolo ... perché siamo tutti suoi figli e ci osserva tutti!"
"Amen ... Dio ti benedica reverendo".
Il reverendo se ne andò e chiamò un taxi giallo, con un breve fischio acuto e tagliente, la classica New York, la banconota da 20 dollari riposta al sicuro nella sua tasca.
Entrando fu accolto da un tassista scontroso e sovrappeso, con un ventre largo che stava strabuzzando dai pantaloni slacciati, che aveva avuto ancora un'altra brutta giornata.
"Dove va il capo?"
"Chiesa di San Martino nel Bronx per favore"
"Va bene ... allacciati", disse, dando gas mentre sterzavano nel traffico in aumento, mancando di poco uno scuolabus pieno di bambini che

stavano appena tornando da una gita mattutina allo zoo di Central Park, poi di nuovo sul loro lato della strada.

Partirono da una missione sacra (da Dio), attraverso le affollate strade di Manhattan, schivando pedoni distratti e veicoli lenti nella loro strada, stavano cercando l'avventura, in autostrada, mentre la canzone andava.

Meno di mezz'ora dopo si avvicinarono alla chiesa di San Martino, non era nei quartieri di gran lunga migliori, le persone apertamente si lanciavano sulle loro curve mentre i bambini giocavano per le strade con le macchine che sfrecciavano, mancandoli per un pelo.

Infine il taxi si fermò, appena fuori i gradini della chiesa.

"Sono trenta dollari" ha chiesto il tassista.

"Grazie, mio buon uomo" rispose lui, porgendogli i soldi dal portafogli, poi uscì dal veicolo, la banconota da 20 dollari ancora in tasca, respirando aria fresca, seguito da una lenta, estenuante espulsione, perché oggi era il suo giorno, il suo giorno per risplendere! ...

Mentre saliva i gradini fu salutato da uno dei suoi discepoli che lo salutò rapidamente.

"È un piacere rivederti, reverendo Blacc ... Non vedo l'ora che arrivi la messa di stasera," ha detto.

"Il piacere è tutto mio, sorella."

"Mandali all'Inferno là reverendo!"
"Lo farò sorella ... lo farò" ridacchiò, aprendo le vecchie porte della Chiesa in legno, imbullonate, grandi e molto spesse.
Mentre si faceva strada dentro, l'oscurità del mondo svanì e la luce brillò attraverso le vetrate colorate, su un mosaico dell'ultima cena, illuminando il tradizionale arredamento della chiesa, con una statua di Gesù al centro del palcoscenico sull'altare davanti. Il reverendo fu accolto da una piccola folla di volti sorridenti, che consisteva interamente di neri americani vestiti con abiti dorati e viola, che riposavano sui banchi di preghiera, leggevano fogli di canzoni e scritture mentre aspettavano l'arrivo del loro direttore.
Il reverendo Blacc chiuse la porta, poi allungò la mano in tasca, tirò fuori la banconota da 20 dollari e la mise nella scatola della colletta nella parte anteriore della stanza, vicino all'ingresso, poi con disinvoltura si diresse verso i suoi seguaci, salutandoli con la mano sollevata, le braccia protese verso l'esterno nella speranza che lo accogliessero di nuovo nell'ovile.
"Fratelli e sorelle ... il tempo di gioire ... è arrivato!!!" urlò e perciò ricevette un applauso esultante e sorrisi radiosi, certamente sapeva come fare un ingresso.

Dopo aver individuato i fogli delle canzoni, il reverendo rispose: “Vedo che tutti voi avete lavorato molto duramente per la preparazione di questa performance serale, ma ora è il momento di dare tutto al vostro popolo!”
“Amen al reverendo” rispose un membro robusto del coro.
“Amen, sorella!” Rispose lui. “Ora, tutti, vorrei che vi uniste a me nel più santo dei palcoscenici, per la nostra prova finale prima della prestazione di stasera!”
Il coro si alzò dai loro posti e prese posto sul cavalletto sul quale il reverendo, aprì un foglio di canto, lo mise su un tavolo di fronte a lui, poi si girò verso di loro, con le mani alzate, mentre li attendeva con impazienza e pronto per iniziare.
Hanno allora eseguito alcune interpretazioni di “Liberami”, “Alzati” e “Agnello di Dio” che cantavano con le loro voci melodiche e intonate.
In seguito, il reverendo si congratulò con loro per la loro esibizione, ma sapeva che avrebbe potuto ottenere di più da loro con un po’ di incoraggiamento, come i migliori direttori sanno.
“Okay gente, questa è l’ultima possibilità che abbiamo per scaldare le nostre corde vocali e lasciare che il nostro Dio Signore Signor Gesù Cristo sappia che siamo qui ... e qui per restare!”
“Lode a Gesù!!!” urlò uno dei membri del coro, ancora una volta.

"Amen, sorella!" Rispose come gli altri membri del coro.
"Okay gente, dall'alto, ma questa volta, mettiamoci un po' più di sentimento, un po' più di grinta ... un po' più di ... anima!"
Immediatamente andarono direttamente alla canzone successiva della lista "Oh happy daaayyyys ... oh happy daaayyyys ..." cantavano mentre la musica continuava, le loro voci angeliche potevano essere sentite per le strade e nelle case della comunità, gli effetti calmanti riempirono i loro cuori di gioia e pace, dando loro ancora una volta speranza per la vita e l'umanità.
Un uomo magro aprì lentamente le porte della chiesa e entrò dalle strade come alcuni altri, attirato dalla musica direttamente come in una scena di Sister Act per cui il reverendo li accolse, invitandoli a entrare, sedersi e godersi la performance mentre il coro continuava.
"... Quando Gesù aspetta! ... quando salta! ..." ondeggiando avanti e indietro mentre tutti applaudivano alla musica, accompagnati da un pianista molto abile. "Oh, sarà un giorno felice!"
Finirono la canzone con l'applauso di un numero di anime felici che si erano scambiate, sparandosi, eroina per un altro tipo di droga, dieci volte più potente e cento volte più avvincente, lo Spirito Santo.

Il reverendo li ringraziò tutti per l'esibizione e poi si fece strada per salutare i peccatori che erano entrati dalle strade, in cerca di redenzione. Una giovane donna si avvicinò a lui per prima, il suo corpo e il suo sorriso sdentato mostravano segni di uno stile di vita povero e malsano, essendo anch'essa pesantemente dipendente sia dalla cocaina, dal crack e dalla metanfetamina.
"Buon pomeriggio, sorella!" Disse.
"Buon pomeriggio reverendo", rispose lei.
"Cosa ti porta qui in questa bella serata?"
"Ho bisogno di un aiuto reverendo", disse, guardando giù sul pavimento mentre parlava con lui.
"Okay sorella, per favore seguimi."
Entrarono entrambi in una grande cabina confessionale in legno sul retro della chiesa, entrando rispettivamente attraverso le porte, il reverendo a sinistra, i peccatori a destra.
All'interno della cabina confessionale, il reverendo si sedette come lei.
"Ora sorella, che demoni hai ospitato?"
"Beh, non so da dove cominciare davvero?"
"Allevia te stessa, sorella, adesso sei nella casa degli Dèi."
"Beh, tutto è iniziato quando ho avuto un aborto ..." e così continuò, confessando i suoi molti peccati mentre tutti fuori lasciavano la chiesa, il coro sarebbe tornato più tardi quella sera.

Una volta finita la sua confessione, entrambi uscirono dal confessionale e si salutarono.
Allora il reverendo raccolse le sue cose e chiuse la chiesa fino a quella stessa sera, quando ebbe la strana sensazione che qualcosa non andava, qualcosa non era corretto, qualcosa era ... "Dove diavolo è la scatola della colletta!!!?"

Capitolo 4
La Città dei Peccatori

Prima...
Mentre il reverendo stava confessando e i membri del Sacro Coro stavano discutendo la performance di quella sera, un giovanotto si congedò, mentre si avvicinava alla porta d'ingresso notò la scatola della colletta, piena di denaro e lasciata incustodita, solo in attesa di essere presa. Rallentò mentre si avvicinava, scrutava la scatola di legno, il legno era il tema chiaro che andava bene con l'arredamento, per vedere se era tenuta premuta o bloccata da qualcosa, qualsiasi cosa, e per la sua gioia così non era, poi ha con disinvoltura sbirciato da sopra la spalla per vedere se qualcuno lo stava guardando. La navata era libera, quindi senza un attimo di esitazione, sollevò la pesante scatola dal tavolo su cui era poggiata e se la svignò con un passo casuale per non destare allarme, proprio fuori dalla porta principale.
Fuori c'erano ancora alcune persone che si aggiravano, accendevano fumo e chiacchieravano, non avevano niente di meglio da fare e nessuno di loro aveva un lavoro da svolgere. L'uomo agì con noncuranza, così non gli prestarono attenzione, nessuno avrebbe mai

sospettato la cosa se non fosse stato per un ragazzino curioso che si avvicinava a lui.
“Cos’è quella signore?” Disse, indicando la scatola della colletta.
“Fila, ragazzino, non sono affari tuoi!”, La sua risposta brusca alla quale il ragazzino si arrabbiò molto, tornando a casa dalla sua mamma che stava appoggiata alla veranda dei loro appartamenti, tracannando una bottiglia di Bud Light.
“Qual è il problema con te adesso!” Chiese lei, in un tono secco.
“Mamma, quell’uomo è stato cattivo con me!” Rispose, con le lacrime che gli scendevano dalle guance rosse arrossate.
“Oh, cresci Giuseppe!” Rispose duramente.
Poi guardò verso l’uomo che stava scappando e sapeva che qualcosa non andava.
“Oi, tu !!!” Gridò, “Cosa succede lì!!?” Riconoscendo la scatola della colletta tra le sue braccia, lui semplicemente la ignorò, proseguendo lungo la strada. “L’hai rubata dalla chiesa, vero?” Urlò, mettendo insieme tutti i pezzi, allertando i fedeli e i passanti. “Fottuto pezzo di merda!!! ... qualcuno fermi quel bastardo!!! ... ha rubato quella scatola dalla Chiesa!!!” indicandolo fuori e urlando al massimo della sua voce.

L'uomo accelerò il passo mentre alcuni membri del coro cominciarono a inseguirlo, urlandogli oscenità mentre fuggiva, il suo passo veloce si trasformò presto in una corsa veloce, scappando via dalle folle arrabbiate mentre lo inseguivano aumentavano in ferocia e numero più lui correva, presto si ritrovò una grande folla inferocita che lo inseguiva da dietro, che lo stavano gradualmente raggiungendo, era bello che quella settimana avesse lavorato sul suo cuore.

Si allontanò rapidamente da tutti e scese in uno stretto vicolo, scavalcando una recinzione metallica, infilando la parte inferiore dei jeans, tenendo ancora la scatola con tutti i contanti, compresa la banconota da 20 dollari che il reverendo aveva messo lì solo poche ore prima.

Dopo aver passato la recinzione, zigzagò e zigzagò dal traffico a doppio senso e alla fine riuscì a fuggire dalla folla inferocita che rimase perplessa e disorientata sul punto in cui era scappato, mostrando rabbia sui loro volti.

Una volta che fu finalmente alla larga e lontano dalla gente, spaccò la scatola sul terreno come una pigna piena di caramelle, poi rapidamente intascò tutti i soldi che ne uscirono, ci saranno state alcune banconote da cento dollari e monete, non male per un duro lavoro. Si congedò lasciando dietro di sé i resti della scatola.

Mentre continuava a camminare per le strade, tenendo d'occhio chiunque lo stesse ancora cercando, il suo cellulare cominciò improvvisamente a squillare, al quale rispose rapidamente.
"Chi è!?"
"Terry amico" è arrivata la risposta.
"Sì, che succede?"
"Sei ancora disponibile ad incontrarti con il cliente che ho trovato per te?"
"Sì, sarò lì in un secondo."
"Hai la roba amico?"
"Amico, non preoccuparti, è risolto."
"Bello, ti chiamo presto."
"Sì amico," disse, poi riattaccò al telefono, facendosi largo davanti a White Castle.
Qualche attimo dopo...
Il ladro tornò in un altro vicolo buio, lontano da occhi indiscreti dove un grande uomo anziano si avvicinava a lui.
"Sei Jake!?" chiese.
"Si. sono io."
"Il tuo amico ha detto che è ottanta per la roba, è corretto?"
"Sì amico, è l'importo giusto".
"Bene, ecco qua," disse, porgendogli due pezzi da cinquanta.
Jake frugò in tasca e tirò fuori un piccolo sacchetto di polvere bianca insieme al resto per i

clienti, la banconota da 20 dollari, consegnandoli segretamente entrambi all'uomo mentre lo ringraziava e si separavano.
Il cliente un certo signor John Sullivan entrò in una lussuosa auto privata a pochi passi di distanza e si diresse verso Lower Manhattan, sniffando sul sedile posteriore con il vetro della privacy alzato in modo che l'autista rimaneva beatamente inconsapevole.
Meno di un'ora dopo l'auto a noleggio privata si fermò davanti a un condominio nel lato est di Manhattan.
"Eccoci, signor Sullivan."
"È grandioso, riprendimi tra qualche ora, ti chiamerò quando avrò bisogno di te."
"Nessun problema."
John uscì dal veicolo e salì i gradini di pietra verso la porta principale dove premette con forza il pulsante in alto vicino all'interfono.
Dopo una breve attesa, si sentì una voce femminile.
"Ciao, ha suonato al Club Afrodite, come posso esserle d'aiuto?"
"Ciao, sì, ho un appuntamento per la tua festa delle 4 questa sera."
"Okay, signore, un secondo, per favore," disse, lui la sentì frugare tra le sue carte "Posso sapere il suo nome, per favore?"
"Certamente ... è, Winston Churchill."

"Winston ... Winston ..." disse, cercando la sua lista di appuntamenti per il suo nome "ecco qui", rispose "Bentornato signor Churchill, per favore entri dentro" un cicalino sonoro poi suonò fino a quando la parte anteriore della porta si sbloccò e John si fece rapidamente strada dentro.

All'interno, l'ingresso era decorato secondo i più alti standard, era dipinto di una leggera tonalità di crema con fiori freschi che adornavano la zona, emanando un aroma seducente.

John si diresse verso l'ascensore, poi dopo una breve attesa si diresse verso la suite Penthouse.

Al suo arrivo la porta si aprì e fu accolto da una giovane donna straordinariamente attraente, in un vestitino nero da metà anni '20 ai primi anni '30 che avvolgeva strettamente il suo fisico tonico, condito con lunghi capelli castani, labbra imbronciate e un sorriso accogliente, il delicato profumo di petali di rosa che si diffondevano nell'aria.

"Salve signor Churchill, sono Sarah Lee, la vostra ospite di stasera, bentornato al Club Afrodite, per favore, mi segua."

L'attico era un elegante appartamento di nuova costruzione nella parte bassa di Manhattan, con una vista mozzafiato sul ponte di Brooklyn a sinistra e la statua della libertà sulla destra, il traghetto per Staten Island che si stava facendo strada sulla traversata.

Sarah lo guidò attraverso la suite, dove c'era una varietà di giovani donne insaziabili sedute su divani neri opachi che parlavano con uomini molto meno attraenti, molto più anziani e calvi mentre aspettavano che la festa iniziasse, in una reception formale.

"Per favore, si sieda", le chiese Sarah, sedendosi alla sua scrivania, alla quale lui aveva obbedito.

"Ok, per prima cosa, signor Churchill, facciamo in modo che i documenti non vengano presi in considerazione, il suo contributo a questo procedimento serale sarà di 500 dollari in contanti, per favore." Al che le consegnò le banconote, inclusa la banconota da 20 dollari, lui conosceva la procedura.

"È perfetto," disse lei, accettando i soldi, poi mettendoli in una piccola cassaforte sotto la sua scrivania per essere distribuiti con le ragazze più tardi quella sera, dopo che la festa era finita. Sarah gli consegnò poi una piccola chiave di un armadietto "Si prega di depositare tutti i vostri oggetti di valore nell'armadietto fornito, quindi fatevi strada dentro, spero che vi godiate il vostro tempo con noi qui al Club Aphrodite questa sera"

"Sono sicuro che lo farò" rispose John.

Alla sinistra di Sarah c'era una fila di armadietti dove John aveva depositato il suo telefono,

portafogli e altri oggetti di valore, poi si era fatto strada proprio mentre la festa stava per iniziare.
A tutti gli uomini furono date delle vesti di cotone bianco e una delle bellissime ragazze li condusse nella doccia dove si alternarono per pulirsi per una serata di dissolutezza mentre le ragazze si diressero verso una grande camera da letto con tre letti grandissimi e una specie di altalena, che pendeva dal soffitto, con ampio spazio per giocare.
Entrando nella camera da letto, con solo le vesti che erano state date loro, gli uomini furono tutti accolti da una serie di donne giovani e attraenti, vestite con nient'altro che i loro reggiseni e mutandine coordinati, accogliendoli tutti per entrare e godersi i loro corpi tonici e morbidi, per assaporare la loro pelle dolce e morbida e passare un po' di tempo della loro vita al Club Afrodite.
Mentre l'orologio segnava 4, le ragazze si misero al lavoro. Una delle ragazze di origine thailandese invitò John a raggiungere il letto centrale, e fu lieta di dargli il benvenuto.
"Ciao, bello, sono Asia", disse, "Vuoi che ti succhi il cazzo?"
"Sì, piccola", fu la risposta rapida di John, che si stava già irrigidendo alla sua vista, la coca che gli scorreva nelle vene.
"Vorresti stare coperto o scoperto?" Chiese.

"Bambina scoperto", rispose, accarezzandole il largo seno liscio nella mano sinistra mentre si toglieva il reggiseno, lo gettò via dal letto e si mise a lavorare su di lui, le altre ragazze facendo lo stesso con il resto dei clienti, alcune delle quali servivano più di un tizio alla volta, riempiendo ogni buco che avevano con un buffet di carne umana.
Un altro ragazzo si unì presto ad Asia e John per una festa non così privata e lei si aggrappò al suo membro e cominciò a strusciarglielo freneticamente, rendendolo duro e solido, diventando sempre più bella e bagnata perché entrambi potessero assaggiarla e apprezzarla.
Lentamente ha tirato giù le sue mutandine di seta rosa rivelando una striscia di atterraggio rasata sulla sua figa stretta e bagnata che John ha assaggiato mentre Asia succhiava il cazzo di otto pollici degli altri ragazzi.
Trovandosi nell'umore mentre lei giocava con la sua clitoride, iniziò a desiderare i loro cazzi e aveva bisogno di entrambi, palle dentro di lei.
"Fottimi!!!" esclamò, mentre strappava qualche gomma con i denti, soffocando i loro cazzi mentre le altre ragazze erano già scopate senza sosta, il suono della carne che batteva contro la carne e gli alti gemiti che echeggiavano nell'attico, i vicini devono aver avuto l'orecchio destro pieno.

Con la sua mazza dura e spinta in profondità, portandola in una varietà di posizioni, da cagnolino a pilota di pile, missionaria e altro, poi a qualche altra azione a tre mentre John e il suo nuovo amico presentavano ad Asia un bell'arrosto allo spiedo, mentre tutti gli altri continuavano a darsi piacere, con la scena della ragazza sulla ragazza come uno dei momenti salienti della serata, uno degli uomini che vedeva una donna indiana sull'altalena, che oscillava avanti e indietro mentre lui la scopava forte e veloce fino a che non stava per raggiungere il suo primo orgasmo.
"Sborra nella mia figa!!!", esclamò, e facendo un pianto da possente guerriero lo faceva ...
"Raaaaooooorrrrrr !!!!!!"
E così la serata andò avanti, con rinfreschi leggeri forniti ai clienti che prendevano un po' di respiro tra un orgasmo e l'altro, alcuni di loro si dirigevano verso le docce per una veloce rinfrescata prima di rientrare in azione, impegnandosi nei loro piaceri della carne.
Mentre l'orologio si avvicinava al rintocco delle 6, la festa cominciò a spegnersi mentre tutti si pulivano con salviettine umidificate aggiuntive e si ringraziavano per l'incredibile esperienza che avevano avuto, le ragazze erano davvero stanche dopo aver già avuto un buon numero di feste quel giorno, questa era l'ultima.

Una volta che gli uomini si erano vestiti e avevano raccolto i loro oggetti di valore, Sarah portò tutti fuori, distribuendo biglietti da visita a uomini sessualmente sollevati mentre tornavano alla loro vita quotidiana, chiedendo loro di tornare presto nel tentativo di recuperare qualche affare dai suoi fedeli clienti.
C'erano sei ragazze in totale che erano in servizio quel giorno, sette se si includeva Sarah che supervisionava l'esecuzione sicura delle feste sessuali che mascheravano gli eventi dello stile di vita degli scambisti agli occhi della legge.
Chiamò tutte le ragazze nel suo ufficio, come era il solito protocollo, poi iniziò a dividere i giorni presi dalla cassaforte, trattenendo il 20% per se stessa e il 20% per la casa.
Sarah distribuì alcune centinaia di banconote a ciascuna delle ragazze, che si affrettarono ad andarsene, una volta che i loro servizi erano stati pagati per intero. La banconota da 20 dollari passò ad Asia, che era sicuramente la favorita di John della serata, la favorita della maggior parte degli uomini per quell'argomento, tutti amavano cenare in una piccola cucina thailandese con le loro bacchette di legno dure.
Mentre Asia salutava Sarah e il resto delle ragazze, si diresse verso le fredde strade buie da sola, quando iniziò a piovere pesantemente, facendosi strada fino alla metropolitana, per

prendere il treno per tornare a casa dal suo bambino di dieci anni e dal cagnolino Brüno. Ma ad una certa distanza giaceva un uomo, in una macchina nera, avvolto nell'oscurità, fumando una sigaretta mentre era in agguato.
All'improvviso, "Malai Sunya!!!" arrivò una voce urlante, mentre un uomo di mezza età si avvicinava improvvisamente ad Asia, con i capelli inzuppati dalla pioggia battente.
Voltandosi bruscamente per vedere chi stava urlando il suo nome, Asia vide un uomo avvicinarsi lentamente a lei, ma sì ... lei lo conosceva ... "Aroon!? ... sei tu Aroon!?" lei interrogò l'uomo, mentre entrava nella luce di un lampione ... sì, era nientemeno che suo fratello maggiore, Aroon Sunya, egli stesso ufficiale decorato della Royal Thai Navy. L'ultima volta che l'aveva visto era molti, molti anni fa, nella sua città natale, Hua Hin, una cittadina sulla spiaggia alla periferia di Bangkok, in Thailandia, quando era solo una bambina.
"Malai!!!" continuò a urlarle duramente "Hai disonorato la nostra famiglia per l'ultima volta!!! ... Sono venuto per riportarti con me a Bangkok!!! ... non possiamo più tollerare la tua insubordinazione depravata e peccatrice!!! ... hai portato grande vergogna a tutti noi!!! "

Ne uscì un altro uomo thailandese baffuto dal sedile anteriore sull'altro lato della macchina, che si avvicinò a entrambi.
"Verrai con noi ora!!!" ordinò Aroon, al che lei scoppiò in lacrime.
"Ho un figlio qui Aroon!!! ... ho la mia vita qui ora!!!" la sua risposta sconvolta e in lacrime.
"E i tuoi figli a Bangkok!!!? ... hai mai considerato i loro sentimenti quando li hai abbandonati!!!?" Urlò, al che lei non rispose.
Afferrarono Asia, riportandola alla loro auto, gettandola sul sedile posteriore mentre Aroon la accompagnava, il suo amico si metteva al volante e accendeva il motore, facendo girare il motore prima di mettersi in marcia verso il ponte di Brooklyn, scomparendo in una nuvola di fumo ...
Mentre si dirigevano verso il ponte Asia lottò contro il viso di Aroon, lui l'avrebbe colpita duramente sulla bocca se non fosse stata la sua sorellina.
"Lasciami andare !!! ... non hai il diritto di farlo!!!" gli urlò Asia.
Fece saltare la porta, che si spalancò mentre prendevano velocità per attraversare il ponte. Nessuno di loro indossava le cinture di sicurezza per tenerli al sicuro.
Improvvisamente, Asia si allontanò da Aroon con un po' di forza ...

"Malai!!!" urlò, cercando di afferrarla, mentre il tempo rallentava e tutto andava al rallentatore, i loro impulsi scorrevano, le pupille si dilatavano ... ma era troppo tardi per salvarla.
Asia cadde dall'auto e cadde sulla strada, dove fu presto colpita a bruciapelo da un camion di consegna in arrivo, che non potè rallentare in tempo, uccidendola all'impatto e schiacciando il suo cranio sotto la sua ruota, schiacciando il suo cervello, schiacciando le sue ossa e affettandole gli organi, una vista veramente macabra, lasciando i suoi figli senza una madre, i suoi genitori senza una figlia e suo fratello senza una sorella.
Il denaro che lei aveva intascato poco prima era sparpagliato per tutta la strada, a pochi centimetri dalla sua carcassa senza vita e smembrata. La banconota da 20 dollari è stata catturata con una manciata degli altri da un forte vento di traverso quando volò giù dal ponte di Brooklyn verso il mare sottostante, mentre Aroon fu lasciato indietro a raccogliere i pezzi della sua sorellina una volta adorata, Malai Sunya.

Capitolo 5
Signora Libertà

Mentre la banconota da 20 dollari andava sempre più al largo, la sua esistenza sembrava sempre più tetra, un branco di pesci, luccicanti al chiaro di luna, passava sotto, lasciando increspature di acqua sulla loro scia e catturando l'attenzione sgradita di uno stormo di gabbiani che volavano in alto sopra di loro, predatori spietati che cercavano la preda.

All'improvviso, in basso piombò uno degli uccelli, trafiggendo l'acqua fredda e gelida nel tentativo di afferrare il maggior numero possibile di pesci. Giù ne piombò un altro, poi un altro e un altro, mentre i pesci facevano del loro meglio per fuggire, lottando freneticamente per la propria vita mentre i gabbiani li staccavano, uno per uno, cenando all'aperto quella notte.

Dopo che uno degli uccelli fu sazio, tornò al suo nido per nutrire i suoi giovani che stavano lottando per sopravvivere nelle dure condizioni autunnali.

Ma, sembrava che avesse un clandestino, la banconota da 20 dollari si era attaccato al suo piede sinistro in tutto quel trambusto, aggrappandosi liberamente ad esso mentre saliva in cielo, librandosi tra le nuvole mentre lui tornava a casa, beatamente inconsapevole. Era come se la banconota da 20 dollari fosse intrappolata in una bolla invisibile, destinata a rimanere a Manhattan.

Nel frattempo ...

In basso, un paio di sposi novelli che si godevano gli ultimi giorni della loro luna di miele erano in piedi sul ponte anteriore dello Staten Island Ferry, sfidando gli spruzzi d'acqua mentre faceva il suo viaggio di ritorno a Manhattan. Uno di loro notò presto qualcosa che fluttuava nell'aria verso di loro.

"Guarda!" Fece notare la moglie.

"Che cosa è dolcezza?" Chiese il suo compagno, pensando che stava solo indicando i grattacieli che si stavano avvicinando, belli come erano tutti illuminati mentre attraversavano il cielo notturno.

Ma ecco, era la banconota da 20 dollari, che galleggiava giù, poi quasi atterrava sul ponte quando una signora June Berry, la moglie della coppia, la intercettò, afferrando rapidamente il biglietto prima che qualcun altro ne avesse la possibilità.

Con gioia, osservò: "Non ci credo! ... soldi gratis!"

Suo marito Phil era stupito e si guardò intorno per vedere da dove potesse venire, era come se la banconota da 20 dollari fosse un dono degli dei, o Zeus dal cielo o Poseidone dai sette mari.

"Quanto hai preso?" Chiese, sentendosi un po' stupito e allo stesso tempo un po' geloso.
"Vediamo" rispose lei, aprendo la banconota che si era accartocciata quando lei lo afferrò "Ooo un pezzo da venti!" Rispose allegramente, controllando la banconota per vedere se era reale o solo qualcuno che le tirava uno scherzo.
"Sei un diavolo fortunato! ... beh, questi sono i soldi per il nostro cocktail già prenotato!" Scherzò e la moglie June involontariamente ridacchiò in risposta "Non andare a spendere tutto in una volta!" Le disse, beffardamente.
"Non lo farò caro ... risparmierò un po' di soldi per il fondo del college per bambini!" Replicò mentre Phil iniziava a sudare, sentendosi il colletto un po' più stretto "Torniamo dentro, si sta gelando!" lei gli disse e lui era d'accordo, essendo a pochi minuti dal porto.
Momenti dopo ...
Mentre la barca si avvicinava, tutti iniziarono a fare la fila davanti alle porte, aspettando con impazienza di tornare a Manhattan quando il tempo cominciava a schiarirsi e la pioggia si spegneva in una nebbia leggera ma fredda.
L'equipaggio aprì le cateratte e riversò un mare di persone, desiderose di scendere dal traghetto e continuare con i loro rispettivi viaggi, alcuni di loro erano tentati dalle bancarelle delle concessionarie, fermandosi momentaneamente

per mangiare un boccone veloce, assaggiando il locale bagel al salmone ripieni di crema di formaggio, salatini salati e dolci impanati e caffè arabico bollente e caldo, prima di riprendere il viaggio.

Mentre June e Phil scendevano dal traghetto e uscivano dall'edificio del terminal di collegamento, non avendo fretta come il resto della folla, iniziarono a pianificare la notte.

"Dovremmo tornare al nostro hotel prima di cena?" Chiese June "Possiamo prendere il sottopassaggio?" Disse indicando.

"Facciamo un passo indietro" Phil ha risposto, "Il tempo non è così male ora e dubito che saremo di nuovo giù in questo modo prima di tornare a casa giovedì."

"Okay, allora caro" arrivò June, soddisfatto e accettando la responsabilità, mentre facevano una breve passeggiata lungo il fiume e poi si giravano verso l'interno, nella città principale.

Entrambi continuarono a camminare per un po' di tempo, Phil teneva la moglie avvolta nelle sue braccia, mentre il vento si alzava, mostrandole il suo lato premuroso e affettuoso, che amava teneramente di lui, sicuramente uno dei motivi principali per cui accettava di sposalo.

Ben presto entrambi si avvicinarono al luogo memoriale in cui una volta si trovavano le Twin

Towers, Phil cominciò a rallentare mentre ci si avvicinava.
"Cosa c'è che non va, dolcezza?" Gli chiese June. "Ti senti bene?"
"Sì ... sto bene cara" rispose, molto poco convincente.
"No, dimmi? ... so quando qualcosa ti sta infastidendo." Insistette, preparandola per la vita coniugale.
"Beh ... okay ... è ora che tu conosca la verità," disse, prendendo un profondo respiro interiore per prepararsi, June si stava preparando per quello che stava per rivelare. "Non ti ho mai parlato di questo prima ma" facendo una pausa per un effetto di suspense "Io avevo una moglie e un figlio."
Sentendo questo, June rimase lì in piedi in silenzio, completamente e assolutamente stordita, era persa per quelle parole che aveva lasciato cadere come una bomba su di lei.
Phil si avvicinò al monumento, posando la mano sul marmo "Eravamo proprio qui quando cadde la prima torre ... Sono uno dei fortunati ... Sandra e mio figlio Jamie di 4 anni non lo sono stati." Le disse mentre iniziava a ricordare la tragedia, tutto il dolore e la sofferenza che aveva sopportato, i suoi occhi mostravano tristezza e rimorso per non essere stato lui a perdere la vita

quel giorno, avrebbe dato qualsiasi cosa per prendere il loro posto, anche adesso.
Vedendo che Phil stava chiaramente diventando molto turbato, June andò a consolarlo, ma iniziò a pensare a se stessa: cos'altro non sapeva sull'uomo che aveva appena sposato?, la sua mente stava correndo per un miglio al minuto, la rivelazione portò a così tante domande a cui lei semplicemente aveva bisogno che rispondesse, il più pressante che doveva chiedere "È per questo che siamo venuti qui in luna di miele?" guardandolo negli occhi mentre finalmente le diceva la verità.
"Sì ... sono passati più di 15 anni da quando è successo, Jamie sarebbe stato un uomo ormai, sono tornato per rendere omaggio a entrambi. Sono così dispiaciuto di averti tenuto a parte di questo segreto per tutti questi anni June" disse al che lei annuì semplicemente in segno di approvazione, non sapeva davvero cos'altro dire, era ancora scioccata.
Lentamente circondarono il memoriale, i nomi di tutti quelli che avevano perso la vita quel giorno terribile, incisi sui lati.
"Darei qualsiasi cosa per vederli di nuovo ... Non smetterò mai di dimenticarli." Le disse Phil.
"Lo so caro" osservò June "Dio benedica le loro anime, ora sono in pace", ha detto, al che lui ha

semplicemente annuito in accordo e accettazione.
Dopo aver reso omaggio alle vittime continuarono il loro viaggio, dirigendosi sempre più verso Manhattan mentre la notte li attirava.
Passando attraverso i bassifondi di Manhattan per la precisione Chinatown loro esplorarono la città con ristoranti e venditori ambulanti che offrivano un'ampia selezione di prelibatezze moresche, dal dim sum ai panini al vapore ripieni di una varietà di pesce e carne.
"Andiamo a bere qualcosa," disse June, "so di averne bisogno e sono sicura anche tu!"
"Okay cara", rispose lui.
Entrambi scesero in McFadden un bar irlandese locale all'angolo tra la 21° e la 5°, uno dei tanti sparsi per New York.
Al loro interno vennero accolti da una vivace band irlandese, che suonavano una selezione di pezzi favoriti per la folla ubriaca, un misto di gente del posto e turisti che erano alla ricerca di un buon pasto.
Entrambi si diressero verso il bar e dopo essere riusciti a infilarsi in un piccolo spazio tra la folla, ordinarono un paio di drink.
"Ecco!" Urlò June, posizionando la banconota da 20 dollari sul bancone "A me!", Doveva urlare altrimenti semplicemente non potevano sentirsi a vicenda tra la folla e la musica ad alto volume.

"Non vuoi dire, agli dei!?" ridacchiò, così anche lei.
"Beh ..." disse June, ordinando due bicchierini di whisky, che furono rapidamente versati e serviti loro, con una Guinness, mentre alzavano gli occhiali e brindavano "... Ecco agli dei!!!"
"Agli Dei!!!" arrivò la sua risposta, tintinnando gli occhiali e colpendo i bicchierini e mettendo il fuoco nelle loro pance.
"Ooo argh, quello ha colpito il segno!" Disse Phil, socchiudendo gli occhi come reazione involontaria al bicchierino, così anche lei.
"Ne prendiamo un altro?!" domandò June.
"No, va bene! ... finiamo prima queste pinte, poi possiamo vedere cosa ci piacerebbe fare dopo!"
"Okay, caro! ... veloce, mettiamoci a sedere prima che qualcun altro li prenda!" Gli disse June, indicando un paio di sgabelli intorno a un tavolino nell'angolo più lontano del bar.
Recuperarono rapidamente le loro pinte di Guinness, lasciando la banconota da 20 dollari al barista e proprietario Brain McFadden, che inserì poi nella cassa, il resto nel barattolo, poi rapidamente si fecero strada verso i posti liberi, riuscendo a prenderli prima che un'altra coppia ne avesse la possibilità, sedendosi per godersi le loro pinte di oro rubino e l'atmosfera calda e accogliente mentre la musica suonava.
Di ritorno al bar ...

Brain proseguì con il suo turno, servendo una varietà di bevande diverse e intrugli letali agli avventori, mentre tutti si univano e suonavano insieme alla band, il tutto con buon umore.
Un paio di ragazzi si stavano godendo un giro di freccette mentre i loro amici guardavano, scendendo dal 501 con un doppio 20, richiesto al giocatore in piedi per vincere la partita ... il primo dardo era mancato, il secondo dardo era ancora mancato ma ha preso un 20 ... si stava facendo pesante il gioco mentre il giovane lanciava il suo ultimo dardo ... trattenevano il fiato mentre volava nell'aria, colpendo il tabellone del doppio 10 per un applauso rauco, il giocatore vincente che alzava le mani in alto trionfalmente, mentre il perdente seduto guardava incredulo.
Scivolando dalla sedia "Sei un idiota!!!" gli urlò il suo amico "Non posso credere che tu mi abbia battuto! ... che cazzo è!?" disse, gesticolando verso il bersaglio per le freccette e lanciando le sue frecce sul tavolo, avevano scommesso per vedere chi avrebbe pagato il prossimo giro di bevute, quindi non era il più contento, avendo lasciato solo un doppio 2, mentre guidava l'intero gioco fin dall'inizio.
"Cosa posso dire Dean!?" replicò Tom "Non contare i tuoi polli prima di averli catturati!" I suoi palmi si aprirono mentre si scrollò di dosso

i risultati, mimando la gabbia che era proprio l'atmosfera del compagno.
"Maledetto inferno!" Dean rise "Giusto ... prendi il mio portafoglio, allora immagino!?"
"La prima volta per tutto!" Scherzò Tom, posando la mano sulla spalla di fronte di Dean, con il braccio stretto attorno a sé "Campione!!!" urlò, sempre il grazioso vincitore, sfregandosi Dean con la faccia, come avrebbe fatto Dean se si fosse trovato nella stessa posizione.
Controllando il suo portafoglio "Mi sono rimasti solo cinquanta dollari!"
"Quello basterà, no?!" Tom rise.
"Sì, dovrei sperare così amico!" Ha abbaiato "Stesso di nuovo allora Tom!?"
"Sì, amico vorrei una Coors light"
"Signori" indicando gli altri due ragazzi seduti con Tom "Che cosa vi piace?"
"Tu Tesoro!" Arrivò la risposta di Rick quando il suo amico Dave e Tom ridevano di Dean.
"Oh ti piacerebbe che ti fotta!" Ridacchiò in risposta.
"Oooo tu puttana!" Rispose Rick.
"Puttaaaaannnnnaaaa!" Dean lo colpì.
"Beviamo due Coors Light come buoni amici, una brocca per tutti!"
"Fanculo, perché no!? ... torno subito, puuuuttaneeee!"

"Puttaaaaaaaanee!!!" rispondevano tutti come un gruppo di ragazzi adorabili.
Dean si diresse verso il bar, passando per Phil e sua moglie che erano in profonda conversazione, dove fu presto salutato da Brain che stava lavando il bancone.
"Come posso aiutarti amico!?" indagò Brain.
"Sì amico, vorrei una brocca di Coors Light, evviva!"
"Arriva subito!" Arrivò la sua risposta, la musica stava ancora suonando abbastanza forte, così tutti dovettero continuare a urlare per essere ascoltati.
Brain ha poi proceduto a pompare una brocca di rinfrescante, ghiacciata, birra Coors Light.
"Sono diciannove pezzi allora amico!" Porgendogli la brocca e quattro bicchieri gelidi, aveva tenuto d'occhio tutti loro, quindi sapeva quanti ne aveva bisogno.
"Pronto, ecco qua!" Dean disse, porgendogli la banconota da cinquanta dollari mentre Brian la infilava nella cassa, cambiandola con una da 1 dollaro, uno da 10 e la banconota da 20 dollari che proseguiva con il suo viaggio.
Dean gli consegnò il dollaro di mancia, come era consuetudine nei bar lì intorno, che Brain accettò cortesemente, poi si diresse verso i ragazzi, intascando il resto del denaro.

Mentre si avvicinava al tavolo "Cristo, perché hai impiegato così tanto tempo?" Rick ha chiesto "Sono quasi arrivato alla mia ultima!" Ridacchiò, un carico di bottiglie sparse per tutto il tavolo.
"Oh, stai zitto puttana!" Rispose, al che Tom interruppe "Oh Cristo, non ricominciare da capo!" Mentre loro continuavano a godersi la loro notte.
Mentre la musica si spegneva e la band prendeva una pausa tra i set, il barman metteva su musica lounge mentre la folla si sedeva per guardare la partita della NFL sul grande schermo, a piedi i nostri quattro studenti preferiti dell'Università di Oxford, guardando un po' stanchi dopo un primo giorno molto lungo e drenante ad esplorare i luoghi, i suoni e gli odori di New York City.
Davanti a loro, a guidare la banda c'era Miranda "Beh, sembra bello qui" disse a tutti loro.
"Non possiamo semplicemente tornare indietro!?" piagnucolò Megan, che entrò dietro di lei "Sono assolutamente distrutta!"
"Prendiamoci un drink qui e poi torniamo in albergo per riposare" rispose Miranda al che Jerry disse "Sì, approvo!", Mentre Tom annuì, ma Megan si limitò a sbuffare come un bambina viziata.
Alcuni degli scommettitori si fecero strada, liberando un tavolo mentre gli studenti

entravano, proprio accanto all'area in cui suonava la band, erano entrati nel momento giusto.
Le ragazze e Tom presero rapidamente posto mentre Jerry disse loro: "Bene, offrirò il primo turno, cosa vorreste?"
"È molto gentile da parte tua, Jerry" rispose Miranda "Prenderò solo un lime e una soda per favore."
"Ok, quindi lime e soda, e tu Tom?"
"Solo una pinta amico, guarda cosa hanno, non mi dispiace"
"Nessun problema ... Megs!?"
"Hmmm, non so, mi fai un bel cocktail, qualcosa di dolce"
"Qualcosa di dolce, dovrei solo immergere il dito in una pinta?" Ridacchiò.
"Eww, non essere così schifoso!" È arrivata la sua risposta. "Farò sesso sulla spiaggia se lo fanno ... e non iniziare con la tua maleducazione!" Disse lei e gli indicò prima di fare un'altra osservazione sessuale.
"Okay, torno subito, cercate di non sentire troppo la mia mancanza", disse.
"Ci proveremo" arrivò la risposta di Miranda.
Jerry si diresse verso il bar, guardato dal proprietario con lo sguardo fisso mentre si avvicinava a lui, pulendo un vetro sporco per tenersi occupato.

"Ciao amico," disse Jerry avvicinandosi al bar.
"Heya, benvenuto a McFadden, cosa posso offrirti?"
"Vediamo, due pinte di Foster, qualsiasi vecchio cocktail se li fai, il più forte che hai e un lime and soda con un doppio colpo di Gin in esso, evviva."
"Nessun problema, un Mojito va bene?"
"Sì, è perfetto amico"
"Hai qualche documento con te?"
"Sì, certo" rispose, allungando la mano in tasca e tirando fuori la sua patente di guida provvisoria verde, che poi passò a Brain. A loro era stato chiesto il documento di identità già un certo numero di volte, quindi non si offese per quella domanda, soprattutto visto che New York era molto più severa rispetto a casa sua, da quando erano finiti i giorni in cui era proibito loro essere serviti in un night club.
Dando uno sguardo da vicino alla licenza di Jerry "Sembra ok ... e che dire dei tuoi amici laggiù!?" indicandoli "Sono anche loro a posto?"
"Sì amico," disse "Tutti 21enni e oltre".
"Bene, bene, dovevo chiederlo, sai com'è."
"Non ti preoccupare amico."
Brain prese il loro ordine mentre Jerry aspettava al bar, ammirando l'arredamento rustico e ascoltando i clienti mentre discutevano del gioco e della loro vita quotidiana.

Tutti e tre i gruppi erano ora nel bar, la coppia appena sposata, i ragazzi turbolenti e gli studenti, tutti annidati tra la folla.
Di nuovo al tavolo dello studente ...
"Mi è piaciuto molto il nostro pasto in China Town" Tom ha detto a tutti "È stato bello provare qualcosa di autentico a New York"
"Sì, anche io" aggiunse Jerry, tornando con un vassoio pieno di bevande "Comunque, non riuscirò ad abituarmi a usare quelle bacchette però, potrei giurare di aver fatto saltare del riso o qualcosa del genere agli anziani al tavolo accanto" Rise "Mi stavano mandando al diavolo per qualcosa!"
Guardando il cocktail, Megan disse: "Questo dovrebbe essere il mio drink? ... sai che non sopporto il sapore della menta!" Gemette, dando a Jerry un'occhiata sporca.
"Ecco, Megan, lo prenderò io" disse Miranda "Sapevo che lo avrebbe gonfiato! ... puoi avere il mio"
"Non si fa così, va bene!" Rispose Megan, prendendo un sorso di lime e soda corretto con un piccolo sorriso che strisciava sul suo viso "Hmm ... in realtà non è male!"
"Aspetta un attimo, lasciami provare un po'" disse Miranda mentre Megan le passava il bicchiere "Non si fa così, lo sapevo! ... l'hai

corretto!" Mandò ancora una volta Jerry al diavolo.
"Beh, sono le nostre vacanze, l'ho solo rallegrato" ha risposto.
"Tipicamente stupido!" Rispose Miranda.
All'improvviso, un nuovo aggiornamento ha interrotto la partita della NFL tra i New York Jets e i Dallas Cowboys, che ha fatto infuriare i loro fan.
Il giornalista ha letto "Notizie scioccanti oggi quando il sindaco di New York, che stava cenando nell'esclusivo ristorante francese J'adore, uno dei favoriti dagli artisti del calibro di Marco Pierre White e di altre celebrità, è stato ricoverato in ospedale a causa di intossicazione alimentare, ma purtroppo è morto sul colpo. Successivamente è stato confermato dalle autorità che le tracce di un agente nervino mortale noto come Novichock sono state scoperte sulla scena del crimine. Si credeva che fosse stato assassinato, le autorità hanno riferito che molto probabilmente gli era stato somministrato tramite un bicchiere di vino rosso, ma i dettagli completi sono ancora non confermati. La polizia ha arrestato due uomini in concomitanza con l'omicidio, il capo cuoco François Depardieu e il sommelier Raimond Delon, ma sono ancora alla ricerca di un uomo nero di origine caraibica, visto l'ultima volta

mentre lasciava il ristorante poco prima dell'incidente, che si ritiene abbia legami con il Cremlino."
Di nuovo al tavolo degli studente ...
"Proprio qui, i diplomatici russi sono già stati cacciati dall'America a calci in culo, non sono stati loro, non hanno incassato 200 dollari!" Scherzò Jerry mentre Tom ridacchiava.
"È proprio come te Jerry!" Lo rimproverò Miranda "Sempre a fare barzellette nei momenti più sconvenienti!"
"Il mio male" fu la sua risposta.
Di nuovo al tavolo delle coppie ...
"Ok, cucciolo, sono contenta di poterne parlare come ho detto, voglio solo che tu sia aperto e onesto con me, non importa altro."
Con gli occhi pieni di lacrime, suo marito rispose: "Lo so June, mi dispiace così tanto di averti mentito."
"Capisco perché lo hai fatto Phil ma abbiamo bisogno di andare avanti insieme in questa relazione, ora andiamo a prendere qualcosa di buono da mangiare, sto assolutamente morendo di fame!"
"Ok cara."
Si baciarono, poi si alzarono dai sedili, uscendo dal bar.
Torniamo al tavolo degli amici ...

È venuto fuori un grande rutto da Rick "Ooo, perdonatemi, ragazzi, penso che mi fermerò per questa sera" disse, finendo l'ultimo goccio dalla brocca.
"Sì, si sta facendo tardi", ha detto il suo amico Dave, "dovrei tornare dalla signora e dal piccolo prima che lei ricominci a picchiarlo daccapo!"
"Lei o il ragazzo?" Chiese Dean.
"Lei!" Arrivò la sua rapida risposta a cui tutti risero.
"Giusto," disse Dean, sollevandosi dal suo sedile come tutti gli altri "Grazie per essere uscito, spero, ci vedremo presto ragazzi." Scossero le mani di Dave e Rick mentre si indossavano i loro cappotti, pronti per la partenza.
"Sì amico," disse Rick "Tu ... possiamo uscire la prossima settimana, amico, da qualche parte fuori città, però, non posso permettermi di stare qui tutto il tempo", ha riso.
"Sì, naturalmente compagno di corso, avere un ritorno sicuro."
"Saluti, ci vediamo più tardi" rispose Rick, mentre Dave salutava anche lui, dirigendosi entrambi fuori dalla porta.
Mentre Tom e Dean si sedevano di nuovo, Dean chiese "Ci facciamo un altro giro di freccette Tom?"
"Na amico, mi ritirerò imbattuto", rise.

"Ok amico ... che ne dici di tornare a Times Square? hanno qualche bar sportivo carino laggiù." propose Dean.
"Sì, sono pronto per questo" arrivò la sua risposta.
"Vedi se riusciamo a fare qualcosa, non lo sai mai!" Scherzò Dean.
"Sembra un buon piano", rispose Tom.
Presto partirono, lasciando solo gli studenti rimasti nel bar, tra gli altri clienti, a guardare il gioco mentre la musica dal vivo riprendeva.
"Il mio pezzo!!!..." cantavano, mentre i ragazzi uscivano dalla porta, la banconota da 20 dollari riposta in modo sicuro nel portafogli di Dean, preparandosi per la brezza fredda che li colpiva, come una tonnellata di mattoni, sopra uscendo per le strade di New York.

Capitolo 6
Ave al Capo

Più tardi quella sera, mentre Dean e Tom si dirigevano verso Times Square, sentirono che era un successo un trambusto.
"Cosa sta succedendo!?" Dean chiese a una donna passante.
"Dove sei stato!? ... i risultati delle elezioni definitive stanno arrivando !!!" urlò mentre si precipitava nella piazza dove migliaia e migliaia di individui si erano radunati. Tutti gli occhi fissi su uno schermo illuminato che torreggiavano sopra di loro, mostrando la corsa a due cavalli tra Donny Trump e Hilda Clinton per il diritto di governare il mondo occidentale come presidente degli Stati Uniti d'America.
Mentre un silenzio calava sulla folla, Times Square si faceva stranamente silenziosa, si sentivano i grilli che cantavano da lontano come Central Park, ci dovevano essere migliaia e migliaia di persone in piedi a guardare gli schermi delle elezioni al neon illuminati, Dean e Tom si erano persi in mezzo a loro, ma nessuno emetteva un suono, non un sussurro, tutti sapevano che New York, America e oltre, non sarebbero mai più stati gli stessi; un nuovo leader del mondo libero era appena stato

incoronato, tutti salutavano... Presidente Trump !!! ...
All'improvviso, un'oscurità si abbatté sulla città mentre il potere di ogni edificio, automobile e telefono, a perdita d'occhio, si vedeva improvvisamente, era come se un impulso elettromagnetico (EMP) si fosse appena spento, lasciando tutti confusi e disorientati, inciampando l'uno sull'altro nel buio pesto, i suoni sconcertanti dei cavalli al galoppo che echeggiavano debolmente per tutto il cielo notturno.
Mentre un lieve panico si diffondeva tra la folla, il terreno cominciò a tremare, vennero e scesero in brevi raffiche, aumentando rapidamente in frequenza e magnitudo fino a quando il terreno cominciò a tremare così violentemente che le persone caddero in ginocchio, sfiorandole.
Il potere su tutti i dispositivi elettronici tornò all'improvviso ma con tale ferocia che i telefoni cellulari iniziarono a esplodere nelle mani delle persone causandoli un dolore serio e angosciante, le lampadine esplose in milioni di pezzi taglienti e taglienti, tagliando le persone sotto di loro mentre cadde dal cielo, i cavi elettrici si accesero, fulminando le persone mentre cadevano in pozzanghere intrise di sangue.

Tutti corsero a urlare per la propria vita mentre i cartelloni pubblicitari cadevano dai grattacieli sulle folle sottostanti mentre cercavano di fuggire, schiacciando quelli che venivano catturati mentre altri venivano calpestati dai tesori incombenti, calpestando duramente i loro fragili teschi e i loro corpi deboli.
Persone apparentemente casuali furono subito sopraffatte da una forza demoniaca che le attirò in violenti attacchi di rabbia mortale mentre cominciavano a banchettare con il loro prossimo, i loro occhi non mostravano altro che dolore e sofferenza, anime torturate che erano intrappolate in bozzoli mortali per l'eternità .
La Terra iniziò a incrinarsi, spalancandosi come cabine gialle e spaventata, nel timore di Dio, la gente cadde nelle fenditure aperte; un luminoso rosso splendente che emanava da loro mentre cominciavano a vomitare la lava fusa in flussi altamente pressati sulle masse ignare, sciogliendoli mentre bruciavano i loro strati esterni di carne mentre il cielo notturno si trasformava da un nero pece in una tonalità pietrificante di sangue rosso con nuvole tempestose scure che turbinavano violentemente intorno all'aria, direttamente sopra l'immagine del loro nuovo presidente eletto, il presidente Trump.

All'improvviso, i raggi della più brillante luce bianca illuminarono gli individui di purezza e virtù, trasportandoli in alto nei cieli, lasciando dietro di sé tutti i loro possedimenti terreni con i peccatori e le anime torturate.
Ahimè, i due ragazzi non erano senza peccato, hanno cercato di fuggire ma Tom è stato subito colpito da una delle anime torturate che ha proceduto a strappare grossi pezzi di carne dal suo viso, collo e corpo mentre urlava in agonia, ma nessuno poteva aiutarlo.
Dean continuò a correre più veloce che poteva, saltando su un crepaccio aperto poco prima che vomitasse un altro giro di morte fusa, cercando rapidamente nelle sue tasche qualsiasi cosa potesse usare per difendersi da un potenziale aggressore.
Mentre si frugava freneticamente nelle tasche, correndo ancora più veloce che poteva, il suo portafoglio cadde improvvisamente, completamente aperto, a terra.
Notando rapidamente il suo errore fece un salto indietro per il denaro, mostrando il vero potere del denaro su di lui un male che ha un grande potere su tutti noi. Ma mentre allungava la mano verso il portafoglio, il suo braccio si teneva a pochi centimetri da esso, incapace di avvicinarsi di più, poi all'improvviso fu sollevato in aria, per non essere più visto di nuovo vivo.

Lasciando la banconota da 20 dollari sul terreno che presto si è accesa, dalle braci diroccate, lentamente bruciando nel nulla, mentre urla agghiaccianti si potevano sentire in tutta la città, mentre ombre scure di creature volanti potevano essere viste sul terreno, tra i festeggiamenti cadaveri in decomposizione di una città un tempo orgogliosa e prospera, mentre la morte e la disperazione scendevano per le strade di New York.

FINE

www.ingramcontent.com/pod-product-compliance
Ingram Content Group UK Ltd.
Pitfield, Milton Keynes, MK11 3LW, UK
UKHW022011190726
13853UKWH00004B/1877

9 798737 380465